Corinna Franke

Zani

AF176535

Corinna Franke

Zani

Ein Fantasy-Roman

© 2015 Corinna Franke

Herstellung und Verlag:

BoD - Books on Demand, Norderstedt

ISBN: 978-3-7519-8501-7

Inhalt

<u>Teil I</u>

Die Vereinigung

Vorwort

Und wo findest Du Zani?

Wenn Du einmal hinausgehst
und findest eine wunderschöne Blume,
dann weißt Du:
das ist Zani

(Angora-Enten im Schilf)

1.

Freda schaute aus dem Fenster. Birkenblätter
stürzten vor einem strahlenblauen Himmel zu
Boden. Es wird einen Orkan geben, dachte sie.

Sie verließ ihre Hütte und ging zu dem Steg,
der vor ihrer Hütte in den See führte. Freda
wollte die im Schilf versteckten Angora-Enten
füttern.

Die junge Frau gehörte zu dem Volk der Schilfer, die in diesem westlichen Teil des Landes,
genannt Mandamine, lebte.

Mandamine bestand hauptsächlich aus Seen.

Im Gegensatz bestand der östliche Teil des
Landes, Mandakine hauptsächlich aus Wald.
Dort lebten die Efeuer.

Beide Teile waren durch einen hohen Bretterzaun getrennt, der gut bewacht war.

2.

Freda betrachtete wieder den Himmel. Wolkenflächen wie Wellen, die das Meer im feuchten Sand hinterließ.

Obwohl es Herbst war, trug sie nur einen glänzenden BH, eine Pluderhose und Ballerinas. Auf ihren braun-roten Locken lag ein Blumenkranz.

Als sie ihren Großvater mit seinem Stock über die Brücke zu ihrer Hütte wanken sah, lief sie ihm entgegen.

Freda und Zett, so hieß ihr Großvater, setzten sich auf eine Bank vor dem Haus und rauchten. Freda ihre Pfeife und Großvater Zett holte aus dem Knauf seines Stocks eine Prise Schnupftabak.

„Was macht Dein Vorhaben, Fredi?" frug Zett seine Enkelin.

„Es geht voran", antwortete Freda.

„Und Raffa-Elle und Luki?"

„Denen geht es gut."

3.

Raffa-Elle war Fredas große Schwester. Sie hatte lange, blonde Haare und stahlblaue Augen, mit denen sie Wesen in Sterne verwandeln konnte.

Luki war Fredas Freund. Er wohnte in Mandakine, war also eine Efeuer, und sie sahen sich nur selten.

Das Vorhaben, von dem Großvater Zett sprach, war, dass Freda, eine Seherin, die Teilung der beiden Länder aufheben wollte.

Was ihren Freund betraf, schaffte sie es ab und zu bei Neumond mit ihrem Efeubeißer, einem Flugtier, den Bretterzaun zu überwinden, um zu Luki zu gelangen.

Im Gegenzug hatte Luki, der ein Heiler war, zwei, drei Mal im Jahr über Umwege die Möglichkeit, Freda zu besuchen, um sich dann im Schilf mit ihr zu lieben.

(der Efeuerbeißer)

4.

Freda saß in ihrer Hütte und schaute wieder aus ihrem geöffneten Fenster. Der Vorhang wehte im Wind und Birkenblätter flogen hinein.

Ein Orkan war eine gute Möglichkeit für ihr Vorhaben, dachte sie.

Um sich abzulenken dachte sie über Großvater Zett nach.

Er war schon öfter aufgefallen, weil er im Park der „Friedensstatue" an den Po gefasst hatte, bzw. „Pöchen an Pöchen" gemacht hatte.

Opa Zett war bei der Marine gewesen und hatte auf der rechten Pobacke ein Tattoo, eine Meer-jungfrau, die er oft und gerne zeigte.

Außerdem setzte sich Opa Zett gerne auf eine Bank im Park und piekte jungen Frauen mit seinem Stock in den Busen oder hob den Rock hoch oder stellte einfach ein Beinchen.

5.

Freda lag in der Nacht in ihrem Bett und beobachtete den dunkelblauen Vorhang, auf dem
sich schwarze, sich bewegende Äste und Zweige
abzeichneten.

Sie dachte über die Situation ihres geteilten
Landes nach.

In Mandamine herrschte König al Haram, in
Mandakine König al Hassam, sein Bruder.

Beide hatten sich gestritten über das Problem, ob
Nasenpilz schlimmer sei als Fußpilz, was zur
Teilung des Landes führte.

Wegen des Nasenpilzes von König al Haram
durfte Luki, Fredas Freund und Heiler, auch ab
und zu in ihren Landesteil, um dem König zu
helfen.

Mit dem Gedanken, dass sie ihr Vorhaben bald
durchführen wollte, schlief Freda ein.

6.

Am nächsten Morgen sah sie am Himmel,
nachdem sie den Vorhang beiseite geschoben
hatte, Wolken, in denen zwei blaue Stellen, wie
Augen, auf sie hinab schauten.

Freda betrachtete sich in einer Spiegel-Scherbe.

Sie hatte kleine, feste Brüste und eine kleinen
Bauch.

Das Besondere an Fredas Brüsten war, dass sie
eigentlich Knospen waren, die sich bei Erre-
gung öffneten und Blumen wurden.

Beim Orgasmus sprühten sie Samen aus.

Genau dieser Samen enthielt die Zani-Kräfte,
die sie brauchte , um ihr Vorhaben durchzufüh-
ren.

An diesem Tag wollte Luki vorbeikommen.

(der Schilfreiter)

7.

Gegen Mittag traf Luki mit seinem Schilfreiter, eine Art Pferd, ein.

Es hatte geregnet und das Gras war unnatürlich grün. Wolken in verschiedenen Grautönen zogen am Himmel.

Luki hatte einen Strauß von Fredas Lieblingsblumen mitgebracht. Sie hießen Concreta und waren mit weißer Schokolade überzogen.

Nachdem sie sich im Schilf bei den Angora-Enten geliebt hatten und Freda ihren Samen gesammelt hatte, sprachen sie über ihr Vorhaben.

Freda: „In den nächsten zwei Tagen kommt ein Orkan. Bis dahin sollten wir es geschafft haben.".

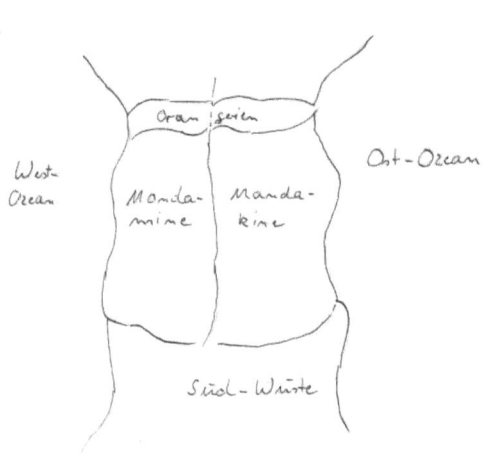

8.

Luki: „Hast Du Raffa-Elle schon Bescheid gesagt?"

Freda: „Sie will das nördliche Tor übernehmen und ich das mittlere. Du müsstest Dich um das südliche Tor kümmern."

Die Geographie des geteilten Landes war folgende:

Jedes Land war ca. 10 km breit und grenzte an einen Ozean, Mandamine im Westen an den West-Ozean, Mandakine im Osten an den Ost-Ozean.

Beide Länder waren ca. 20 km lang und wurden im Norden von riesigen Orangerien der Könige abgeschlossen.

Im Süden begann die Süd-Wüste.

Gut für ihr Vorhaben war, dass König al Haram zur Zeit mit seinen Soldaten am West-Ozean war und König al Hassan sich in der Süd-Wüste aufhielt.

9.

Nachdem Luki Fredas zwei kleinen Flügel, Mitrope, auf dem Rücken geputzt hatte, verabschiedete er sich.

Freda saß am Fenster und betrachtete den Nussbaum mit seinen rötlich-grünen Blätterkäppchen, auch „Blätterwitwen" genannt.

Dabei „weinte" sie, wobei weinen nicht von „Tränen", sondern von „Wein trinken" kam.

Sie pflegte ihre Gabe des „Brain-Stroming", wobei sie die Flüsse und Seen in ihren Gedanken erforschte.

Sie war eine Seherin und sah an dem Abend, dass nach dem 1. Orkan in der nächsten Woche noch ein zweiter kam.

Sie hatten also noch etwas Zeit.

10.

Am nächsten Morgen war Freda von roten, blumenartigen Flecken auf der Haut übersät.

Plumnitis, eine Krankheit, die sie meistens bei Stress bekam.

Sie beobachtete die Blätterfeen, so nannte sie inzwischen die Birkenblätter, wie sie mit einem schwarzen Vogel zu Boden stürzten.

Freda bestieg ihren Efeuerbeißer und flog zu ihrer Schwester Raffa-Elle in die Pferde-Arena, um ihr Bescheid zu geben, dass sie heute Nacht ihr Vorhaben umsetzten wollte.

Auf dem Rückweg flog sie kurz bei ihrem Großvater Zett vorbei, um auch ihm von der Durchführung zu erzählen.

Opa Zett frug: „Kann ich nicht auch helfen?"

„Du kannst die Samen-Flaschen bewachen, aber nicht leer trinken", lachte Freda.

Sie wusste, dass ihr Großvater alles probierte.

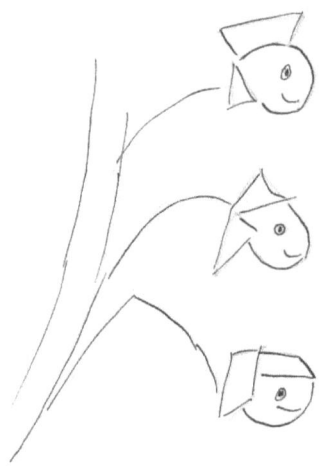

(die Blätterkäppchen)

11.

Auf dem Rückweg hatte Freda mit starkem
Gegenwind zu kämpfen.

Erschöpft kam sie in ihrer Hütte an und ruhte
sich etwas aus.

Sie malte zur Entspannung und um die Zeit des
Wartens zu verkürzen „Frasken", kleine Engel,
Schutzgeister, die sie später verschenken woll-
te.

Freda war ein einem Fredag geboren, an einem
32. März, den es nur ein Mal in 100 Jahren gab.
Solchen Menschen waren humorvoll, aber auch
willensstark.

Freda ließ eine Schicksalsfliege aus einem Glas
und beobachtete, wohin sie flog:

Nach links bedeutete Schwierigkeiten, rechts
glückliche Zukunft.

Die Fliege flog leicht rechts.

12.

Am Abend kam Luki und sie besprachen den Plan.

Ein türkisfarbener Streifen am Himmel verführte sie, sich ein vielleicht letztes Mal zu lieben.

Luki musste für die Durchführung des Plans auf der anderen Seite des Zauns sein.

Als Freda wieder allein war – es war fast Mitternacht und der Orkan setzte ein – dachte sie über die Worte Lukis nach, der ihre Blumen am Körper bewundert hatte:

„In jeder Wunde leuchtet ein Diamant. Je mehr Wunden ein Mensch hat, desto wertvoller ist er."

Sie war glücklich.

Sie nahm ihre Flaschen mit dem Samen, der Zani-Kräfte besaß, und bestieg ihr Flugtier.

13.

Opa Zett wartete schon am mittleren Tor und nahm, bis auf eine, die Flaschen entgegen.

Freda flog in Richtung Norden, genau über dem Zaun und träufelte in kurzen Abständen Tropfen des kostbaren Samens auf die Bretter.

Diese blitzten auf und verwandelten sich in kleine, wunderschöne Blumen.

Im Norden hatte Raffa-Elle, eine Kriegerin, ihr Feuermesser und ihr Hakenschwert benutzt, um den Torwächter zu bezwingen.

Als Freda ankam, war ihr halber Vorrat an Samen verbraucht.

Der Orkan war auf seinem Höhepunkt.

Freda nahm ihre Schwester mit auf ihren Efeuerbeißen und sie flogen Richtung Süden.

14.

Auf ihrem Weg zurück zur Mitte sah Freda mit Freuden, dass sich die Bewohner beider Länder vereinten.

Am mittleren Tor angekommen, nahm sie die letzten Flaschen und flog zum Südtor.

Bretter um Bretter wurden zu metall-blau strahlenden Blumen.

Luki erwartete sie und beide fielen sich in die Arme.

Sie hatten es geschafft.

Die Dämmerung brach an.

Eine glut-rote Sonne küsste den Morgen und tauchte ihn in ein rosa Licht.

Zani hatte gesiegt.

Teil II

Hageltage

1.

Endlich Frühling, dachte Freda und küsste Luki, der neben ihr lag, wach.

Durch den löchrigen Vorhang sah sie Sonnenblitze.

Von draußen hörte Freda lautes Schnattern. Die Angora-Enten paaren sich, dachte sie und streichelte Luki, der wohlig seufzte.

Frühling, ja, überlegte Freda weiter, aber was sie beim letzten „Brain-Stroming" gesehen hatte, gefiel ihr gar nicht.

Jetzt kamen noch die Hagel-Tage, bevor es richtig warm wurde. Und diese würden heftig, hatte Freda vorausgesehen.

Egal, dachte Freda. Sie hatte Lust, Luki in den Schilf-Möoschen zu lieben.

2.

Gegen Mittag, nachdem sich Freda und Luki geliebt hatten, begann Freda doch, sich Sorgen um ihre Zani-Blumen und deren Bewohnern, den Petuliern, zu machen.

Sie musste diese vor dem Hagel und dem anschließenden Insekten-Schwarm schützen.

Die Petulier waren kleine Feen und Schutzgeister – ähnlich wie die auf Fredas „Frasken"-Bildern – die sich vom Zani-Nektar ernährten.

Freda überlegte, was sie tun könnte und entschloss sich, ihren Opa zu besuchen. Sie wusste von seinem Matrosen-Buch, in dem alle Heilmittel standen.

Opa Zett war jetzt viel zu Hause, da er wegen seiner Belästigungen „Park-Verbot" hatte.

Aber ihr Großvater hatte sich natürlich etwas Neues einfallen lassen. Er hatte in die Hose ein Loch geschnitten, da, wo das Tattoo war.

(ein Petulier-Weibchen)

3.

Gegen die Insekten hatte Opa Zett ein Rezept,
nämlich gestößelte Schilf-Veilchen.

Um die noch verbliebenen Zani-Blumen und
deren Bewohner vor Hagel zu schützen, fiel
ihm nichts Besseres ein, als ein Dach zu bauen.

Überhaupt war es merkwürdig wie wenig Zani-
Blumen es noch gab, entgegnete Freda.

Opa Zett erzählte, dass er von Raffa-Elle, seiner
anderen Enkelin gehört hatte, man hätte ein
seltsames Wesen in der Gegend gesehen.

Als Freda mit ihrem Efeuerbeißer nach Hause
flog, fielen die ersten Hageltropfen.

Wir haben nicht mehr viel Zeit für ein Dach,
grübelte Freda.

4.

Mandamine und Mandakine waren inzwischen
vereint und das Land hieß nun Mandamkine.

König al Haram und sein Bruder König al
Hasssam hatten sich vertragen, und dass beide
inzwischen an Bauchnabelpilz litten, hatte sie
fester zusammengeschweißt.

Freda hatte überlegt, ob sie nicht die beiden
Könige bitten sollte, ihr seine Soldaten zum
Bau eines Daches für ihre zauberhaften Blumen
zur Verfügung zu stellen.

Sie wusste, dass Luki als Hausarzt der beiden
Könige ein gutes Wort einlegen könnte.

Und so geschah es.

Der große Verschlag aus Holz aus den Wäldern
des östlichen Teils des Landes und die Planen
wurden schnell fertig, bevor es richtig loshagel-
te.

5.

Die Sonne glitzerte in den immer größer wer-
denden Hagelkörnern.

Freda war beunruhigt. Irgendjemand oder –
etwas zerstörte immer wieder die Plane über
den Zani-Blumen.

Außerdem tauchten die ersten Insekten auf.
Zwar waren es bis jetzt nur Marienkäfer, die
rudernd an ihrem Fenster vorbei flogen, aber …

Die ganze Familie, bestehend aus Freda, Luki,
Raffa-Elle und Opa Zett, hatte ihr beim Stößeln
von Schilf-Veilchen geholfen, wobei sie den
von Opa mitgebrachten Schnaps tranken.

Opa Zett hatte die Erlaubnis, verwelkte Zani-
Blüten zu sammeln und daraus Aufgesetzten zu
machen.

Nach dem 3. Schnaps sah Freda einen Hagel-
bogen am Himmel.

6.

Die Petulier, die Bewohner der Zani-Blumen,
waren nur daumengroß. Die weiblichen Petulier, die Feen, webten aus kleinen Schilfhalmen
Gewänder und Haarkränze.

Die männlichen Petulier, die Schutzgeister,
benutzten kleine Efeublätter als Schutzschild
oder als Schriftrollen, um darauf Verse oder
Gebote zu schreiben.

Die Petulier waren ein friedliches Volk und ein
Leckerbissen für manche Tiere, dachte Freda,
als sie über das geheimnisvolle, zerstörerische
Wesen nachdachte.

Sie lag in Lukis Armen, nachdem sie sich geliebt hatten, was jetzt wesentlich öfter geschah,
seit Luki bei ihr eingezogen war.

Sie wollten nach den Hagel-Tagen eine zweite
Hütte anbauen.

Freda sammelte weiter ihren Samen mit Zani-
Kräften, um damit Zani-Blumen zu züchten.

(ein Petulier-Männchen)

7.

Der schlimmste Hagel-Tag stand bevor.

Freda und ihre Familie hatten es noch so eben
geschafft, das Schilf-Veilchen-Pulver zu vertei-
len und die Planen so gut es ging zu erneuern,
als sich am Mittag der Himmel verdunkelte.

Freda saß mit Luki in ihrer Hütte, als es los-
ging.

Große, sehr große, schneeball-große Hagelkör-
ner prasselten herunter.

Es donnerte gegen ihre Scheibe und plötzlich
zersprang das Fensterglas.

Der Vorhang wurde pitschnass; die Gardinen-
stange zerbrach in der Mitte.

Nach einer ¼ Stunde war alles vorbei, aber die
Folgen waren verheerend.

Außerdem setzte unvermittelt die Insekten-
Plage ein.

8.

Freda flog mit ihrem Efeuerbeißer und Luki auf dem „Rück-Flug" zu ihren Zani-Blumen.

Sie war entsetzt: Nur ca. 50 Blumen hatten den Hagelsturm überlebt und die ersten Insekten flirrten durch die Gegend.

Es kamen immer mehr Insekten aller Art, 1000, 10.000.

Freda hoffte nur, dass das Pulver half. Sie konnte sonst nichts tun.

Freda und Luki warteten den Nachmittag ab und machten aus lauter Verzweiflung Samen.

Am Abend war auch die Insekten-Plage vorüber und Freda zählte jetzt noch 10 – 20 blühende Zani-Blumen.

Freda war frustriert.

9.

Der Frühling war nun endlich da.

Es war schön warm und Freda zog ihren Bikini und einen durchsichtigen Rock an.

Sie hatte ihren gesamten Samen ausgesät, und die Zani-Blumen hatten sich wieder vermehrt.

Auch einige Petulier hatten überlebt.

Freda hatte mit ihrer Schwester Raffa-Elle gesprochen, ob diese ihr helfen könnte.

Dieses seltsame Wesen, das ab und zu gesehen wurde, tat immer noch sein Unwesen und Freda hoffte, dass Raffa-Elle, die Kriegerin, es aufspüren und töten konnte.

Raffa-Elle nahm ihr Feuermesser und ihr Hakenschwert und begab sich in der Nähe der Blumen in Deckung.

10.

Opa Zett leistete ihr während des langen Wartens Gesellschaft.

Er hatte ja doch nichts Besonderes zu tun, außer
sich ab und zu ein neues Tattoo stechen zu lassen und an der entsprechenden Stelle ein Loch
in die Kleidung zu schneiden, damit jeder es
sehen konnte.

Dann eines Nachts sahen die beiden das Wesen:
Es war eine 1 m große Echse, ein Moggliligier.

Eine besonders gefährliche Art, die im Schwanz
Gift hatte, das tödlich für kleine Wesen war.

Raffa-Elle und Opa Zett beratschlagte, was sie
tun sollten.

Am besten war ein Kampf aus der Luft.

Raffa-Elle rannte zu Freda, um den Efeuerbeißer zu holen; Opa Zett lief so gut er konnte
nach Hause, um ein Gegengift zu mischen, falls
es gebraucht wurde.

(der Moggliligier)

11.

Es dämmerte schon, als Raffa-Elle mit dem
Efeuerbeißer an die Stelle zurückflog.

Es war ein harter Kampf mit dem Moggliligier,
aber Raffa-Elle siegte.

Die Echse röchelte am Boden und starb.

Die Morgensonne ging auf und alles leuchtete
lila, als Freda der herrliche Verdacht kam, dass
sie schwanger war.

Da hatten Luki und sie doch bei lauter Liebe
machen und Samen sammeln gar nicht daran
gedacht, dass dabei auch ein Kind gezeugt werden konnte.

Freda überlegte weiter: Wenn sie eine Tochter
bekam, gab es dann nicht später 2 Frauen, die
Zani-Samen hatten?

Freda lächelte glücklich.

Teil III

Mallakamen

1.

Es war Sommer.

Gelbe und blaue Blüten flogen durch die Luft.

Im letzten Winter hatte Freda eine gesunde
Tochter mit Namen Fippa zur Welt gebracht.

Aus Dankbarkeit hatte Freda ihr Habita, ein
langes Gewand, angezogen und gestankt, das
war eine Art beten zu ihrem Gott.

In vergangener Zeit, dem Plumquas, als Mandamkine noch Mantapulien hieß, wäre Freda
eine Durchleuchtete gewesen.

Luki war ganz vernarrt in seine Tochter, die
kleine Flügel an den Schläfen hatte.

Diese würden in jungen Jahren verkümmern
und wie bei Freda auf dem Rücken nachwach-
sen.

Freda stillte ihre Fippa mit Zani-Milch.

2.

Raffa-Elle hatte inzwischen <u>zwei</u> neue Freunde.

Der eine, Mandola, raunte ihr Worte wie „Oh,
Du meine süße Verführerin" ins Ohr, der andere, Mendiza, sagte gar nichts.

Raffa-Elle war nicht immer ganz ungefährlich,
aber immer eine interessante Frau.

Sie konnte nicht nur mit ihren stahlblauen Augen Menschen in Sterne verwandeln, sondern
auch mit ihren Augen das Licht löschen oder
kraft ihrer Gedanken Farben verändern.

So kam es schon mal vor, dass dunkelgrüne
Schmetterlinge oder weiß/schwarze Libellen
vorüber flogen.

3.

Alles war friedlich, bis Freda eines Nachts im Halbschlaf einen weißen Berg sah.

Freda war verunsichert, denn in Mandamkine gab es nur einen Berg und zwar im östlichen Teil und der war von Wäldern, Moos und Katakanien, einer Kakteenart, grün.

Sie besuchte ihren Großvater Zett, um von ihm einen Rat zu holen.

Opa Zett: „Weiß? Wie Schnee? Im Sommer? Das kann nicht sein. Vielleicht hast Du von weißen Blüten geträumt."

Doch Freda war überzeugt, dass ihre seherischen Fähigkeiten eine Schnee-Einbruch prophezeiten.

Beunruhigt flog Freda mit ihrem Efeuerbeißer zurück.

4.

Überhaupt: Was hatte der Opa anderes im Sinn
als Frauen.

Seine neueste Unart war, obwohl er löchrige
Kleidung anhatte, aber immer frisch gewasche-
ne Haare hatte und einen Schlips mit einem
gestickten Bild seiner Urenkelin trug, Frauen
Blumen zu schenken und als Gegenleistung
einen Kuss auf seine Meerjungfrau bzw. seine
Pobacke zu fordern.

Das konnte ja nicht verboten sein, abgesehen
vom Blumen klauen.

Immer noch besser als Pilzerkrankungen zu
heilen, wie sein Schwiegerenkel Luki, der inzwischen Spezialist geworden war.

König la Haram und König al Hassam hatten
inzwischen Ohrenpilz bekommen.

5.

Freda und Luki liebten sich immer noch gerne
im Schilf, wo die roten Wedel ihre Pollen auf
sie nieder regnen ließen.

Aber Freda schien recht zu behalten. Es kühlte
recht ab und alles deutete auf Mallakamen,
schlechtes Wetter, hin.

Dazu kam, dass der alte Schilfreiter, Lukis Reit-
tier, der in seinem Stall stand, anfing zu klop-
fen.

Das deutete wiederum auf ein Erdbeben oder
ähnliches hin.

Freda flog noch am selben Abend zum östlichen Berg und sah die ersten Schneeflocken
schweben.

Die Kälte war erschreckend.

Ob ihre Zani-Blumen, die inzwischen wieder
reichlich blühten, einen Schnee-Einbruch im
Sommer überlebten?

6.

Freda flog so schnell es ging zu ihrer Hütte,
wobei sie drei Zani-Blumen samt Bewohnern
von unterwegs mitnahm. Zur Vorsicht.

Schneeflocken gemischt mit grünen und lila
Blüten flogen durch die Luft.

Der Schilfreiter in seinem Stall trommelte immer stärker, was auf eine weitere Katastrophe
hindeutet.

Freda hatte eine Befürchtung und flog in Richtung West-Ozean.

Und tatsächlich:
Ein Sami hatte sich entwickelt.

Sami, das war ein Phänomen, bei dem sich der
Wasserspiegel hob und das Land über-
schwemmte.

Freda flog nach Hause und bereitete alles vor.

7.

Der Schneesturm und der Sami brachen gleich-
zeitig herein.

Der Sami führte Muscheln und Algen mit und
setzte das ganze Land ½ Meter unter Wasser.

Freda dachte an ihre Zani-Blumen und war
froh, wenigstens drei gerettet zu haben.

Nach ein paar Tagen hatte der Schneesturm
aufgehört, die Sonne schien wieder und auch
der Ozean hatte sich wieder zurückgezogen.

Freda besah sich den Schaden und musste trau-
rig feststellen, dass alle Zani-Blumen Opfer des
Wassers geworden waren.

Zu Hause musste sie bald darauf feststellen,
dass nur eine Zani-Blume und ein Petulier-
Pärchen überlebt hatten.

Sie nannte die beiden Andiamo und Eve und
fütterte sie mit Zani-Milch.

8.

Freda pflegte Andiamo und Eve hingebungsvoll
und nach einigen Wochen kam Nachwuchs.

Auch hatte sie Zani-Samen in Töpfe eingesetzt
und diese entwickelten sich prächtig.

Als die Erde wieder einigermaßen trocken war,
pflanzte sie wieder Zani-Blumen nach draußen
in die Nähe des ehemaligen Bretterzauns, wo
die ausgerissenen Blumen gestanden hatten.

Nach einem Jahr waren die Blumen mit ihren
Bewohnern wieder in voller Pracht.

Das ganze Land feierte das Schilfer/Efeuer-Fest
und Fippa, die in allem etwas langsamer war,
sagte ihr erstes Wort: „Zani", worauf Opa Zett
sie auf den Po küsste.

Fredas Welt war wieder in Ordnung und Luki
und sie liebten sich in dieser Nacht im Schilf,
während der Vollmond sich im See spiegelte.

Teil IV

Der Überfall

1.

Es war ein klirrendkalter Wintermorgen.

Freda setzte sich auf; die Sonne, die sich im Fenster des Anbaus spiegelte, stach ihr in die Augen.

Fünf ½ Jahre waren vergangen, seit der Schnee-Einbruch und der Sami die Zani-Blumen fast vernichtet hätte.

Inzwischen war das ganze Land übersät mit diesen Blumen, denen der Frost nichts ausmachte; im Gegenteil, sie sahen wunderschön aus, wie kandiert.

Freda hatte schlecht geträumt. Sie hatte wieder etwas „gesehen", was sie beunruhigte.

Irgendetwas mit vielen Menschen.

2.

Freda öffnete das Fenster, um zu lüften und sah am Anbau wunderschöne Eiszapfen hängen.

Viele Menschen, die sich stritten, überlegte Freda, das könnte einen Krieg bedeuten.

Aber wer sollte sie angreifen? Mandamkine war eine Landenge zwischen zwei Ozeanen, im Süden war die Wüste, also kam nur das Volk im Norden, die Flavier, in Frage. Aber warum?

Freda wollte mit jemandem sprechen. Luki, ihr Mann, arbeitete schon. Also flog sie mit ihrem Efeuerbeißer mal wieder zu ihrem inzwischen sehr altem Großvater Zett.

Opa Zett, der trotz seines hohen Alters immer noch unvernünftig war, hatte sich eine Glatze schneiden lassen und ein Tattoo, einen Goldfisch, auf den Kopf stechen lassen.

Er erklärte ihr die Sache, wenn es denn so kommen würde, so:

3.

Opa Zett: „Es ist so: Die Flavier sind neidisch auf unsere Zani-Blumen, weil der regelmäßige Genuss von ein paar Blättern ein hohes Alter ermöglicht. Siehe mich an."

Freda überlegte: „Vielleicht sollten wir Raffa-Elles Freunde, Mandola und Mendiza, heimlich nach Flatio schicken. Als „Vertrauer", die sie ja sind, könnten sie alles auskundschaften."

Freda flog weiter zu Raffa-Elle und ihren Freunden und hoffte auf ihre Mitarbeit.

Unter ihr glitzerte das Wasser.

Mandola und Mendiza waren sofort bereit, mitzuhelfen und machten sich noch am selben Abend auf den Weg zu den Orangerien, hinter denen das Nachbarland lag.

4.

In der Zwischenzeit lehrte Freda ihre Tochter Fippa, die inzwischen 6 Jahre alt war und der die Flügel nun auf dem Rücken gewachsen waren, in den Fähigkeiten einer Seherin.

Fippa, die in allem etwas langsam war, brauchte viel Zeit und mehrmalige Erklärungen, bis sie etwas begriff, aber dann vergaß sie es nie wieder.

Fippa lernte das „Brain Stroming" und als Ausgleich das Malen von Frasken.

Nach einigen Tagen kamen die beiden „Vertrauer" zurück und hatten Schlechtes zu berichten.

Die Flavier machten sich tatsächlich bereit, Mandamkine im Frühjahr zu überfallen. Dazu züchteten sie viele Moggliligier, die besonderen Echsen, als Waffe.

Freda war entsetzt. Was konnten sie tun?

5.

Freda rührte in ihrer Tee-Tasse, in der eine kleine Blase glitzerte, und dachte nach. Sie hatten noch 2 – 3 Monate Zeit bis zum Überfall. Also konnten sie noch Waffen gegen die Flavier herstellen. Aber wie bekämpfte man die Moggliligier?

Freda nahm Fippa mit auf ihren Efeuerbeißer und flog zu Opa Zett.

Dieser freute sich, seine Urenkelin wieder zu sehen und zupfte an ihren frisch gewachsenen Flügeln.

Opa Zett: „Ich habe eine Idee. Ich habe in meinem Matrosen-Buch von einer Blume gelesen, die giftig ist. Die sogenannte Seitenblume, auch „Schakilie" genannt. Sie wächst hinter dem östlichen Berg. Wenn wir viele davon finden bzw. züchten, können wir sie unter die Zani-Blumen mischen und so die alles fressenden Moggliligier töten. Dann haben wir eine Chance."

„Auf geht's!" rief Freda ein bisschen erleichtert und flog mit Opa Zett und Fippa los.

6.

Freda, Fippa und Großvater Zett flogen über die wunderschön vereisten Wälder des östlichen Teils des Landes zu der Gegend, von der Opa Zett erzählt hatte.

Tatsächlich fanden sie eine paar Körbe voll mit den Seitenblumen.

Luki war mit seinem Schilfreiter nachgekommen und sammelte auch noch große Mengen.

Zu Hause pflanzten sie Samen in Töpfe und Blumenkästen und hofften auf eine reichliche Ernte.

Die Wochen des Winters verstrichen und Freda musste sich um ihre Tochter kümmern, die „Auter", eine Kinderkrankheit, bekam.

Als Trost schenkte Freda Fippa ein Mölkchen, eine Art Schaf, damit sie schnell wieder gesund würde.

Und dann kam schneller als erwartet der Frühling.

7.

Am ersten warmen Tag des Jahres ernteten
Freda und ihre Familie die giftigen Schakilien
und verteilten sie im nördlichen Teil des Landes
zwischen den Zani-Blumen.

Am darauffolgenden Tag brachen die Flavier
ein. Sie verwüsteten die Orangerien und stießen
zu den Blumen vor.

Die fast 50 Moggliligier fraßen alles, was sich
anbot, Orangen, Zani-Blumen und auch die
Seitenblumen.

Das Gift wirkte fast sofort und in ihrem Todes-
kampf schlugen die Echsen mit ihren giftigen
Schwänzen um sich und verwundeten viele der
Flavier.

Erschreckt und in der Unterzahl flohen die Bewohner des Nachbarlandes zurück.

8.

Die Schilfer und Efeuer hatten gewonnen.

Man feierte den Sieg mit einem großen Feuer, in dem man die toten Moggliligier und die restlichen giftigen Blumen verbrannte.

Raffa-Elle dankte ihren beiden Freunden und kappte mit ihrem Feuer-Messer eine paar Zani-Blumen und jeder Mandamkiner bekam als Geschenk ein paar lebensverlängernde Blumenblätter.

Opa Zett und Fippe melkten zum ersten Mal das Mölkchen, was dem Großvater besonders viel Spaß machte.

Luki und Freda liebten sich an diesem Abend zum ersten Mal in diesem Jahr wieder im Schilf.

Teil V

Vokatum

1.

Es war kurz vor dem Vokatum, die Jahreszeit zwischen den letzten heißen Tagen des Frühlings und den ersten lau-warmen Tagen des Sommers.

Das Vokatum bestand aus ein paar schwülen Tagen, die auch die „Regenbogen-Tage" genannt wurden und eine besonders schwierige Zeit war, in der meist irgendein Übel entstand.

10 Jahre waren vergangen. Freda hatte inzwischen fast graue Haare und Fippa war zu einer hübschen Frau herangewachsen.

Opa Zett war schon vor langem gestorben. Er war lachend umgefallen und war tot.

Freda, Luki und Fippa machten einen kleinen Miti- (eine Tageszeit kurz vor Mittag) Spaziergang durch die Blumenfelder, aber irgendetwas stimmte nicht.

2.

Fippa spürte einen leichten Windhauch an ihren Flügeln.

„Opa Zett ist bei uns", erklärte Fippa, die inzwischen auch eine gute Seherin geworden war.

Sie hatte noch immer guten Kontakt zu ihrem Urgroßvater, der ihr ab und zu erschien.

Dann erzählte er ihr von seinen neuesten Scherzen, z. B. dass er aus dem Himmel rausgeworfen worden war, weil er die Saiten der Harfen absichtlich verstimmt hatte.

Er geisterte jetzt zwischen seinen Lieben und wedelte ab und zu an Fippas Flügeln.

„Opa macht aber heute wieder viel Wind", lachte Fippa, „ich glaube, er will uns auf irgendetwas Wichtiges aufmerksam machen."

Und da sahen die Drei das Furchtbare.

3.

Etwas mit den Zani-Blumen um sie herum
stimmte nicht.

Bei genauerem Hinschauen sahen sie es:

Die Zani-Blumen leuchteten nicht metall-blau,
sondern blassblau, viele waren sogar nur grau.

Luki pflückte eine Blume und sah sofort den
Pilzbefall.

Luki, der Spezialist für Pilzkrankheiten war,
diagnostizierte eine besonders gefährliche Art
von Pilz, den „Turpilia", der innerhalb kurzer
Zeit alle Blumen verwelken lassen würde.

Aber Luki war nur Arzt für Menschen und nicht
für Pflanzen und war entmutigt.

Er wusste kein Heilmittel und bangte wie der
Rest der Familie auch um das Leben der Petulier.

Schweigsam gingen sie nach Hause.

4.

Luki hatte nicht viel Zeit, um den Verfall der Zani-Blumen aufzuhalten. Vielleicht bis Ende des Vokatum.

Es nieselte den ganzen Tag.

Luki pflückte einige Blumen und untersuchte sie. Er sezierte sie und legte sie unter das Mikroskop, aber er fand keine Lösung.

Dann eines Nachts fiel ihm das Matrosen-Buch von Opa Zett ein, das er geerbt hatte.

Er holte es hervor und blätterte darin herum. Und tatsächlich fand er etwas über den „Turpelia".

Eine Blume namens „Straserich" konnte den Pilz bekämpfen, aber wie? Und wo fand man die auch „Heft-Blume" genannte Pflanze?

In dem Buch stand nur, dass sie salzige Luft liebten.

5.

Luki flog mit Fredas Efeuerbeißer los Richtung West-Ozean – das war das Näheste – und tatsächlich fand er dort am Ufer den Straserich.

Er pflückte so viel er konnte und schickte, glücklich zu Hause angekommen, auch seine Familie los.

Dann kam die Frage, wie die Heft-Blume eingesetzt werden musste.

Luki experimentierte. Er schnitt an einer pilzbefallenen Zani-Blume das Übel ab und streute Straserich darüber, aber das half nicht.

Dann wurde ihm auf einmal der Name der helfenden Blume bewusst: Heft-Blume.

Also schnitt er kleine Stengel ab und steckte sie an die kahle Stelle. Und er hatte Glück; die Zani-Blumen blühten wieder auf und leuchteten.

6.

Nun wurde ihm aber bewusst, was für eine end-
lose Arbeit das war, alle Zani-Blumen zu be-
schneiden und die Heft-Blume einzeln einzu-
pflanzen.

Es waren noch ein paar wenige Tage bis zum
Vokatum; die meisten Blumen waren schon
eingegangen. Es blieb nicht mehr viel Zeit.

Der erste Regenbogen war am Himmel zu sehen.

Luki, Freda, Fippa, Raffa-Elle und ihre Freunde
arbeiteten Tag und Nacht.

Sie hatten bevor sie anfingen, die meisten Petulier auf die noch gesunden Zani-Blumen umge-
setzt, so dass jetzt mehrere Petulier-Paare auf
einer Blume wohnten.

Das konnte natürlich nur für kurze Dauer sein.
Aber die Petulier waren ein friedliches Volk
und so rückten sie eng zusammen, damit keiner
herunterfiel.

7.

Luki und seine Familie arbeiteten unermüdlich. Blume für Blume. Tagelang.

Es war der vorletzte Tag des Vokatum. Ein doppelter Regenbogen stand am Himmel.

Sie hatten es geschafft.

Der Straserich, begünstigt durch den feuchten Regen, sprach gut an und die wenigen übrigen Zani-Blumen blühten wieder leuchtend blau in der Sonne.

Die Petulier konnten wieder umziehen.

Sich kreuzende Regenbögen waren zu sehen.

Freda erzählte ihrem Mann, dass Kinder, die in dieser Zeit des Regenbogens gezeugt werden, einen Regenbogen in den Augen haben und besonders sensibel sind und später Poeten oder gar Weise werden.

8.

Der letzte Abend des Vokatum brach an.

Fippa spürte ein Ziepen an ihren Flügeln.

„Hallo Opa! Was gibt's Neues?" frug Fippa.

Opa Zett erzählte ihr, dass seine Lieblingsspeise inzwischen die „Schakilie", die giftige Seiten-Blume, sei; sie sei sehr schmackhaft und er sei ja schon tot.

An diesem Abend fragte Luki seine Frau Freda, ob sie mit ihm ins Schilf gehen wolle.

Währenddessen schnatterten die Angora-Enten; auch sie sollten in ein paar Wochen regenbo-gen-farbene Küken ausbrüten.

So liebten sich alle unter einem Himmel, der wie ein einziger Regenbogen schillerte.

Teil VI

Ablatum

1.

Wieder waren ein paar Jahre vergangen.

Freda hatte einen kleinen Jungen namens Jon
geboren, der Regenbogen in den Augen hatte.

Jon hatte von Geburt an seine Flügel auf dem
Rücken und war so feinsinnig, dass er sich sogar mit den Petuliern unterhalten konnte.

Fredas seherischen Fähigkeiten hatten nachge-
lassen, aber ihre Tochter Fippa hatte ihre volle
„Seh-Kraft".

Es war die Zeit des Ablatum, zwei sehr heiße
Wochen mitten im Sommer.

In dieser Zeit verloren die Vögel ihre Federn,
die aber bis zum Herbst nachwuchsen.

2.

Fippa hatte nachts eine Eingebung: Sie sah eine große gelbe und eine goldene Fläche.

Sie überlegte, was das bedeuten konnte und bat ihre Mutter um Rat.

Freda deutete das Gelb als Sonne oder Sand. Vielleicht eine Dürre-Katastrophe oder ein Sandsturm.

Sie waren vorbereitet.

Weiße und graue Federn flogen durch die Luft, vermischt mit kleinen Sandkörnchen.

Luki und Freda erfrischten sich im Teich vor dem Haus, als sie in der Ferne eine Horde Reiter kommen sahen.

Sie erkannten Grümpler und Lümpiden, zwei Nomadenvölker, auf ihren Limis, den Wüstenpferden.

3.

Scheich Fatan Sultaf führte die Gruppe an.

Als sie an Fredas Haus ankamen, erklärte der Scheich ihren Auftritt.

„In der Süd-Wüste herrscht ein Sandsturm und wir möchten einige Tage in diesem Land bleiben, bis alles vorbei ist", erläuterte Fatan Sultaf.

Freda und Luki erlaubten den Nomaden sich im mittleren Teil von Mandamkine bei den Zani-Blumen aufzuhalten.

Das war jedoch ein Fehler, wie sich bald herausstellte.

Die Grümpler und Lümpiden, allen voran der Scheich, erfuhren von den Kräften der Zani-Blumen und boten Geld, viel Geld, um diese zu kaufen.

Doch Freda und ihre Familie lehnten ab.

4.

Scheich Fatan Sultaf war Ablehnung nicht ge-
wohnt und überlegte sich ein Druckmittel.

Er wollte Raffa-Elle gefangen nehmen, zum
Tausch gegen die begehrten Blumen.

Schwarze Federn wurden durch die Luft getra-
gen, die Sonne brannte, als Raffa-Elle von zwei
Nomaden überrascht wurde.

Sie wehrte sich und ihre Fähigkeiten wurden in
Kraft gesetzt. Sie verwandelte die beiden Übel-
täter dank ihrer stahlblauen Augen in Sterne
und befreite sich.

Der Himmel verdunkelte sich durch ihre Ge-
danken-Kraft.

5.

Raffa-Elle war außer sich.

Was sie auch ansah, wurde durch ihre Blicke
verwandelt.

Sie hielt sich die Augen zu und rannte so
schnell sie konnte zu ihrer Schwester.

Dort angekommen, blitzte und donnerte es
draußen und gold-gelbe Federn rieselten vom
Himmel.

Luki reagierte als erster, in dem er Raffa-Elle
zur Beruhigung einen Trank aus gestößelten
Zani-Blättern, ein klein wenig Schakilie und
Straserich braute.

Raffa-Elle kam wieder zu sich und schlief fast
drei Tage.

Die Nomaden waren noch in der gleichen Nacht
abgezogen.

Luki, der Raffa-Elle untersucht hatte, hatte etwas festgestellt.

6.

Das Ablatum war vorüber, die Hitze ließ etwas nach.

Es flogen keine Sandkörner mehr herum und man sah nur noch selten eine kleine Feder.

Luki hatte festgestellt, dass seine Schwägerin schwanger war.

Raffa-Elle lag in Fredas Bett und schaute aus dem Fenster.

Sie überlegte, von wem ihrer beiden Freunde wohl das Kind sei.

Jon saß mit zwei Petulier-Pärchen auf der Fensterbank und baumelte mit den Beinen.

„Bekomme ich jetzt einen Spielgefährten?" fragte Jon.

Raffa-Elle nickte glücklich.

Nachwort

Raffa-Elle bekam Zwillinge, zwei Jungs, die bei der Geburt Federn auf dem Kopf hatten, und von denen einer Mandola und der andere Mendoza ähnelte.

Freda und Luki widmeten sich der Efeuerbeißer-Zucht für ihren Sohn Jon.

Fippa hatte weiterhin Kontakt zu ihrem Urgroßvater Zett, der festgestellt hatte, dass das Schnupfen von Zani-Staub hochgestimmt macht und so flog er irgendwo zwischen Himmel und Erde.

Anhang

Die Petulier

1.

„Guten Morgen, Schmatz", begrüßte Flo seine Frau.

„Guten Morgen, Flöchen", antwortete seine Frau Chmalene.

„Ich habe heute Morgen eine Feder unter unserer Zani-Blume entdeckt. Ich werde ein bisschen Wind-Surfen gehen und anschließend vielleicht ein wenig paddeln. Reichst Du mir bitte die Schilf-Paddel?"

„Viel Spaß, Flöchen. Ich werde heute unsere Blume putzen und Zani-Staub wischen. Denk dran, heute Abend ist das Zwitt-Treffen."

Zwitt, das war das Treffen der Petulier auf einer Sonnenblume, bei dem die Älteren den Jüngeren von der Geschichte der Petulier erzählen.

Flo surfte los zum nächsten See und rauchte sich erst einmal eine kleine Zigarette. Er musste heftig husten, denn es war die erste Zigarette des Tages.

Flo begrüßte die Angora-Enten und paddelte los.

***

Wieder zu Hause angekommen, empfing ihn seine Frau mit den Worten: „Klopf Dir die Flügel ab, bevor Du reinkommst!

Du musst mal wieder Dein Schilfgewand wechseln, bevor wir heute Abend zum Zwitt-Treffen gehen. Außerdem sind Deine Flügel fettig."

„Xanmippe!" dachte Flo. Xanmippe war in der petulianischen Mythologie eine feuerspeiende Fee.

(Flo)

2.

Am Abend flogen Chmalene und Follow, so hieß Flo eigentlich richtig, mit ihrem Gelbkehlchen zur Sonnenblume.

Die Petulier hatten zwar Flügel, aber für längere Strecken nahmen sie ihr Flugtier.

Beim heutigen Zwitt-Treffen erzählte Quam, der mit 5 Jahren der älteste Petulier war, von der langen Reise der Petulier vor 30 Jahren durch die Süd-Wüste zu den neu entdeckten Zani-Blumen.

Außerdem berichtete Quam von dem Sommer, in dem es eine Schnee-Einbruch und einen Sami gegeben hatte und die Petulier beinahe ausgestorben wären.

Nur Andiamo und Eve, Quams Ur-ur-ur-Großeltern hatten überlebt und eine neue Kolonie gegründet.

***

Zu Hause angekommen, blieb Flo, der nachtaktiv war, noch etwas auf, um weiter an seinen momentanen Versen, den „Carmina Petulia" zu schreiben.

Seine Muse, das Glühschwänzchen Pupi, setzte sich zu ihm und sie bewunderten die Sterne.

Wenn Flo einen Vers geschrieben hatte, schlief er meist den ganzen Tag und die darauf folgende Nacht.

(Flo und Glühschwänzchen Pupi)

3.

Am übernächsten Morgen begrüßte Flo seine
Frau mit den Worten: „Guten Morgen,
Schmatz. Soll ich Dir meinen neuesten Vers
vortragen?"

Chmalene: „Guten Morgen. Lass hören."

Flo atmete durch, sah verliebt in Chmalenes
samtgrüne Augen und sprach:

„Ich gehör Dir,
Du gehörst mir,
gib mir ein Bier.

Na?"

Schmatz reagierte gelassen: „Sehr kurz."

Flo: „Ja, es muss ja auf ein Efeu-Blatt passen.
Übrigens heute Abend ist Flitt-Treffen. Mal
hören, was die anderen Dichter sagen."

Chmalene: „Schon wieder ein Flitt-Treffen?"

Flo: „Ja, es hat sich durch den Blassmond ver-
schoben."

Flo war früher ein Krieger gewesen – es gab
unter den männlichen Petuliern nur Krieger und

Dichter – aber als er einmal aus Versehen einen Vers auf sein Efeu-Schild geschrieben hatte, haben ihn alle ausgelacht und so ist er Dichter geworden.

Flo: „Wie gefällt er Dir denn nun?"

Chmalene: „Mir wäre es lieber, Du würdest Deine Tabak-Krümel wegmachen und nicht ständig die Zani-Blätter verschieben. Ich muss ständig hinter Dir herräumen."

Flo: „Wie unpoetisch. Ich glaube, ich flieg mal zu Somi einen trinken."

(Chmalene)

4.

Somi war Junggeselle und braute in seiner Freizeit Zani-Likör. Er war auch Dichter und begeistert von Flos Vers.

„Was macht die Liebe?" frug Flo.

„Ach, ich finde einfach keine, die sich einspinnt", jammerte Somi.

Dazu muss man wissen, dass die Petulier sich durch Reiben der Flügel befruchten. Die Weibchen spinnen sich dann in einem Kokon ein und nach 2 Wochen löst sich dieser auf und die Kinder sind da.

Die Lebenserwartung eines Petuliers lag bei 5 Jahren, daher auch die kurze Zeitspanne.

Flo hatte schon 3 Mal Nachwuchs gezeugt, der dann nach einer Woche flügge war und seine eigene Familie gründete.

„Sollen wir zum Marienwürmchen-Turnier?" schlug Somi vor.

„Au ja! Aber heute Abend dürfen wir das Flitt-Treffen nicht versäumen."

Bei dem Marienwürmchen-Turnier wurde eine Art Fußball gespielt, wobei ein Pfefferkorn als Ball fungierte.

Leider waren diese Körner in der Gegend heiß begehrt, sodass ein Turnier schon oft abgebrochen werden musste, da das Pfefferkorn geklaut worden war.

(Marienwürmchen)

5.

„Guten Morgen, Schmatz."

„Guten Morgen, Flöchen. Gut geschlafen?"

„Ach, ich hab Schnupfen. Ich bleibe heute den ganzen Tag in der Blumen-Nabe liegen."

Chmalenen: „Ich habe heute morgen mein Chmitt-Treffen. Ich muss los.

Lass bitte nicht überall Deine verschnupften Ganserichblumenblätter herum liegen. Und räum bitte Deine Flügel-Bürste dahin, wo sie hingehört. Bis dann!"

„Tschüß!" sagte Flo und dachte: „Farie." (Farie war eine wasserspeiende Fee.)

Chmalene: „Ach, übrigens, Jon war heute morgen schon da und hat erzählt, dass seine Tante Raffa-Elle schwanger ist. Wir sollen sie mal besuchen. Jetzt muss ich aber wirklich los!"

***

Flo setzte sich an den Rand der Zani-Blume und musste erst mal eine rauchen.
„Wo sind denn schon wieder meine Feuerhölzchen?" fragte sich Flo.

„Hm, diese hier sind von Pupi und die hier von Somi."

Puti, das Glühhörnchen und Bruder von Pupi kam vorbei und die beiden unterhielten sich und aßen Chmalenes selbsteingekochte Zani-Marmelade, während Flo schniefend und hustend seine Ganserich-Taschentücher überall auf der Blume verteilte.

(Glühhörnchen Puti)

6.

Chmalene kam aufgeregt von ihrem Hausfrau-en-Treffen nach Hause.

„Wie sieht es denn hier aus? Hab ich Dir nicht … Egal, ich habe Dir etwas Wichtiges zu berichten.

Meine Freundin Sanja hat erzählt, dass ihr Mann Mumi bei seinem Kritt-Treffen (Treffen der Krieger auf einem Kaktus) gehört hat, dass ein Flohbeißer hier in der Nähe gesehen worden ist.

Heute Abend ist deshalb ein kurzfristig einberufenes Zwitt-Treffen."

Flo hörte niesend zu und fragte desinteressiert:

„Und worüber habt ihr heute noch so gesprochen?"

„Quams Frau hat uns erzählte, wie die Petulier-Frauen nach den großen Hageltagen die Überreste der Schilf-Veilchen wegwischen mussten. Das war eine Arbeit, sagte sie.

Sanja erzählte in diesem Zusammenhang, wie Mumis Vorfahren mit ihren Schwertern aus

Staubfäden gegen die Insekten gekämpft hatten.
Das musste hinterher auch geputzt werden."
„Ist ja hochinteressant", nörgelte Flo. „Muss ich
heute Abend mitkommen? Ich bin todkrank."

Chmalene: „Bitte!"

Flo: „O. k."

(der Flohbeißer)

7.

Quam, der älteste Petulier, ließ am Abend keinen Zweifel, dass sein Volk ernsthaft in Gefahr war wegen des Flohbeißers.

Dieser war zwar nicht wesentlich größer als die Petulier, hatte aber gefährliche Zangen.

Die Krieger hatten zwar Efeu-Schilder und ihre Staubfäden-Schwerter, aber das würde nicht genügen.

Chmalene meldete sich zu Wort. „Ich bin mit einer Art Mensch, Jon, befreundet, vielleicht kann der uns helfen."

„O.k.", erwiderte Quam, „frag ihn. Es eilt."

***

Am nächsten Tag flogen Chmalene und Flo begleitet von Sanja und Mumi zu Jons Hütte.

Sie saßen mit Jon auf der Fensterbank und tauschten sich über das kürzliche Gewitter Ende des Ablatum aus, das Flo nach seinem mehr oder weniger gelungenen Vers verschlafen hatte.

Jon machte Beine baumelnd den Vorschlag,
Raffa-Elle, sobald sie wieder auf den Beinen
war, um Hilfe zu bitten. Sie war ja Kriegerin.

(Quam)

8.

Raffa-Elle hatte eine Idee: die Petulier sollten einen Graben um die Zani-Blumen schaufeln und Federn darüber legen. Dann, wenn der Flohbeißer, auch Flohsauger genannt, in der Falle saß, müsste man ihr Bescheid geben und sie würde ihn mit giftigem Schakilien-Staub betäuben.

Anschließend würde sie den Flohbeißer mit dem Efeuerbeißer ihrer Schwester an die Grenze zur Süd-Wüste bringen.

***

Und so geschah es:

Der Flohbeißer ging in die Falle und Raffa-Elle sorgte für den Rest.

Nun kehrte wieder Ruhe bei den Petuliern ein.

Flo kochte zur Feier des Tages ein Festessen - es gab Knapf – und Chmalene musste hinterher 3 Tage lang die Blumen-Küche putzen.

Auf dem Fest erzählte man sich Geschichten, wie z. B. von dem Pilz „Turpilia" während eines Vokatums

(„Weißt Du noch, als wir umziehen mussten,
weil unsere Wohnungen Pilz befallen waren?!")

Und wie sie alle zusammen rücken mussten.

(„So wie heute, hihi")

(das Marienschwänzchen Lonki)

9.

An diesem Abend saß Flo mit Pupi und seiner neuesten Muse Lonki, dem Marienschwänzchen, am Rand seiner Zani-Blume und betrachtete den Himmel.

Sternschnuppen fielen herab und Flo schrieb in dieser Nacht <u>zwei</u> Verse.

Am über-übernächsten Tag begrüßte Flo fröhlich seine Frau.

„Guten Morgen, Schmatz!"

„Guten Morgen, Flöchen. Hast Du wieder geschrieben?"

„Ja, willst Du es hören?"

„Nur zu. Aber beeil Dich ein bisschen. Wir müssen gleich zu unserem Zwitt und ich möchte nicht zu spät kommen.

(Bei den Petuliern mit einer Lebenserwartung von 5 Jahren waren 2 Minuten schon eine lange Zeit.)

Flo: „Also nun mein Vers:

Ich gehör Dir.
Du gehörst mir
oder ich wird zum Tier. "

Chmalene: „Hm."

Flo: „Der zweite Vers:

Ich gehör Dir.
Du gehörst mir.
Zusammen ein „Wir". "

„Oh!", staunte Chmalene und küsste Flo auf die Flügel.

„So, nun müssen wir aber los. Heute geht es auf dem Zwitt-Treffen um einen alten Mann, der an Zani-Blumen schnieft und sein Niesen den ganzen Staub aufwirbelt. Jon nennt ihn Opa Zett."

„Los geht's!"